KB096833

황금감옥

황금감옥

홍해리 시집

우리글

시인의 말

부족한 시, 부족의 시, 그래서 시이고 시인이다.
뒤에 '시로 쓴 나의 시론'이란 시치미를 달았다.

입때껏 입히기에 급급했으나 이제 벗기고 벗겨
단단한, 短短한
시를 위하여 나를 비우고 또 비운다.
시욕詩慾이다.

시야, 한잔하자!

무자戊子 정월正月 초사흘,
우이동 골짜기 세란헌洗蘭軒에서
홍해리洪海里.

목차

시인의 말 … 5

귀북은 줄창 우네 … 13

겨울 빗소리 … 14

파문波紋 … 15

청원淸原, 내 고향 … 16

여자를 밝히다 … 17

옥쇄玉碎 … 18

해질녘 … 19

석류石榴 … 20

어둠의 힘 … 21

머나먼 슬픔 … 22

참꽃여자 · 6 … 23

박태기꽃 터지다 … 24

개화開花 … 25

호박 … 26

풍경風磬 … 27

동짓달 보름달 … 28

김치, 찍다 … 30

빈 들 … 32

아내의 여자 … 33

몸 … 34

개망초꽃 추억 … 35

다리 … 36

지족知足 … 38

만월滿月 … 39

황금감옥黃金監獄 … 40

만재도晩才島 · 2 … 42

만재도晩才島 · 1 … 44

배 지나간 자리 … 46

능소화 … 48

찔레꽃에게 … 49

보지寶池를 보다 … 50

물의 뼈 … 52

비 오는 날 … 53

저승 … 54

달맞이꽃 … 55

미루나무 … 56

우주 … 57

안개꽃 … 58

지심도只心島 … 59

시詩를 먹다 … 60

호호好好 … 62

매화나무에 풍경 달다 … 63

명자꽃 … 64

복사꽃 그늘에서 … 65

참꽃여자 · 14 … 66

인력引力 … 68

비익조比翼鳥, 날다 … 69

안개를 말하다 … 70

산수유 그 여자 … 71

울인鬱끼 품다 … 72

11월 … 73

늑대거미 … 74

요요 … 75

추금秋琴 … 76

벌건 대낮 … 78

흔적痕跡 … 79

삼각산三角山 … 80

연연然然 … 81

장醬을 읽다 … 82

'봄'표 소주 … 84

돌산 갓김치 … 86

탐나는 탐라도 … 87

찬바람 불면 네가 그립다 … 88

단칼을 기리며 … 89

밥 … 90

영자를 위하여 … 92

흰 모란이 피었다기 … 93

곡우穀雨, 소쩍새 울다 … 94

참꽃여자 · 10 … 95

아득한 3월 … 96

발을 닦으며 … 97

시수헌의 달빛 … 98

소한小寒 풍경 … 99

바다와 시詩 … 100

점심 … 101

문 바르기 … 102

우이도원牛耳桃源에 오르며 … 104

귀뚜라미 통신 … 106

새벽 세시 … 107

보물선을 찾아서 … 108

벌초를 하며 … 110

아무것도 없다 … 111

눈독들이지 마라 … 112

오동꽃은 지면서 비를 부른다 … 113

시로 쓴 나의 시론 … 117

황금감옥

귀북은 줄창 우네

세상의 가장 큰 북 내 몸속에 있네
온갖 소리북채가 시도 때도 없이 울려대는 귀북이네

한밤이나 새벽녘 북이 절로 울 때면
나는 지상에 없는 세월을 홀로 가네

봄이면 꽃이 와서 북을 깨우고
불같은 빗소리가 북채가 되어 난타공연을 하는 여름날
내 몸은 가뭇없는 황홀궁전
둥근 바람소리가 파문을 기르며 굴러가는 가을이 가면
눈이 내리면서 대숲을 귓속에 잠들게 하네

너무 작거나 큰 채는 북을 울리지 못해
북은 침묵의 늪에 달로 떠오르네

늘 나의 중심을 잡아주는 북,
때로는 천 개의 섬이 되어 반짝이고 있네

겨울 빗소리

혼례만 올리고 시댁으로 가지도 못하고
과부가 된 어린 각시,

마당에 울고 있는
겨울 빗소리

차라리 까막과부望門寡婦라면 덜할까
청상青孀이면 더할까,

온종일 듣고 있는
겨울 빗소리

파문波紋

1

나무는 서서 몸속에 호수를 기른다

햇빛과 비바람이 둥근 파문을 만들고
천둥과 번개가 아름답게 다듬어

밖으로 밖으로
번져나간다

파문이 멎으면 한 해가 간 것이다

2

잎 나고 꽃 피어 열매를 맺는 동안
속에서는 물이랑을 짓다

열매 떨어지는 소리에, 깜짝,
나무는 일 년을 마무리하고

제 옷을 벗어 시린 발등을 덮고 나면
가지마다 악기가 되어

겨울을 노래 부를 때
하늘도 투명한 파문이 이는 호수가 된다.

청원淸原, 내 고향

바다가 없는 충청북도 한가운데
청주를 알로 품고 있는
푸른 자궁인 청원, 내 고향
언덕의 맑은 들바람은 늘 바다가 그리웠나니

그리운 마음 푸른 하늘에 띄우고
영혼의 그늘 찾아 꿈으로 가는 길
허공처럼 멀고 하염없어도
마음은 비단길이니 누가 막으랴

세월이 가도 새로운 정은 무심으로 흘러
어머니 품처럼 포근할 뿐
타향에 와 뿌리가 흔들리는 사람들
어찌 고향 땅이 유난하지 않으랴

알싸한 알토란 같은 그곳 사람들
후후 불어 넘기는 얼큰한 국밥 같은 정
맑고 너른 대청호 물빛 같이만
넉넉하고 느긋하거라.

여자를 밝히다

여자를 밝힌다고 욕하지 마라
음란한 놈이라고
관음증 환자라고 치부하지 마라
입때껏 치부를 한 것도 없고
드러낼 치부도 하나 없다
여자를 활짝 핀 꽃 같이 밝혀주는 것은
무엇일까
환한 대낮같이 열어주는 것은 무엇인가
어둔 길을 갈 때
등롱을 들듯
꽃이라도 들어야 하는 것인가
등명접시 받쳐 놓고
불을 댕길 일인가, 아니지,
여자는 스스로 열리는 호수
환하게 빛나는 대지라서
하늘 아래
세상에서 여자를 밝힐 일은 없다.

옥쇄 玉碎

곡우穀雨와 입하立夏 사이
잔마다 꽃배 띄우고
소만小滿과 망종芒種 사이
청매실 다 땄는데,

소서小暑에 찬물로 목물하고
평상에 누우니
노랗게 익은 매실 한 알, 뚝,
이마에 청매실 하나 열렸다.

풍경風磬이 절로 울어
붕어가 온몸으로 웃고 있다
꽃 피고 열매 맺고 떨어지는
생生의 일장춘몽이라고,

뎅, 뎅,
뎅그렁, 뎅그렁!
우는 소리 움켜쥐다
반짝이는 비늘에 잠이 깨었다.

해질녘

꽃들이 만들어내는 그늘이 팽팽하다
서늘한 그늘에서도
어쩌자고 몸뚱어리는 자꾸 달뜨는가

꽃 한 송이 피울 때마다
나무는 독배를 드는데
달거리하듯 내비치는 그리운 심사

사는 일이 밀물이고 썰물이 아니던가
꽃이 피고, 꽃이 지는 세상
하늘과 땅 다를 것이 무엇인가

가만히 있어도
스스로 저물어 막막해지는
꽃그늘 흔드는 해질녘 풍경소리

석류石榴

줄 듯
줄 듯

입맛만 다시게 하고
주지 않는

겉멋만 들어
화려하고

가득한 듯
텅 빈

먹음직하나
침만 고이게 하는

얼굴이 동그란
그 여자

입술 뾰족 내밀고 있는.

어둠의 힘

어둠이 빛인 줄 안다면
세상을 밝히는 것은 빛이 아니라
빛의 밝은 힘이 아니라
어둠의 힘이라는 걸 알게 되리
나무도
하늘 가까이 가는 것은 우듬지이지
우듬지에 별이 걸리고
별이 너를 비춰주고 있지만
결국 하늘에 가 닿는 것은
우듬지가 아니라 뿌리다
뿌리가 나무로 들어가
우듬지를 곧추세워야, 비로소
나무는 하늘에 닿는다
그러니 하늘에 닿는 것은 뿌리다
뿌리의 힘이다.

머나먼 슬픔

나무들은 꼿꼿이 서서 꿈을 꾼다
꿈에 젖은 숲은 팽팽하다

숲이 지척인데 마음을 집중하지 못하고
적막에 들지 못하고
지천인 나무들에 들지 못하고

눈을 들면
푸른 게릴라들이 국지전 아닌 전면전을 감행하고 있다

녹음 아래 노금노금 가고 있는
비구니의 바구니 안
소복이 쌓이는 그늘,

그늘 속으로 이엄이엄 질탕한 놀음이 노름인 줄 모르는
한낮의
머나먼 슬픔.

참꽃여자 · 6

산바람에, 한들한들, 흔들리는
파르르파르르, 떠는
불같은 사랑
물 같은 사람
그리움은 또 어디로 흘러갈 것이냐
수줍고 수줍어라, 그 女子.

꽃잎과 어루는 햇살도
연분홍 물이 들어 묻노니
네게도 머물고픈 물빛 시절이 있었더냐
울지 말아라, 울지 말아라
파란 혓바닥 쏘옥 내밀고 있는
가녀리고 쓰라린, 그 女子.

박태기꽃 터지다

누가 태기라도 쳤는가
가지마다
펑펑펑
박 터지는 소리

와글와글
바글바글
우르르우르르 모여드는
시뻘건 눈들

조팝나무도 하얀 수수꽃다리도
휘청거리는 봄날

"뻥이야!"

"펑!"

먼 산에 이는 이내.

개화開花

바람 한 점 없는데
매화나무 풍경이 운다

아득한 경계를 넘어
가도 가도 사막길 같은 날
물고기가 눈을 뜬다
한 땀 한 땀 수를 놓듯
꽃 피는 소리에 놀라
허공에서 몸뚱이를 가만가만 흔들고 있다
꽃그늘에 앉아
술잔마다 꽃배를 띄우던
소인묵객騷人墨客들
마음 빼앗겨
잠시 주춤하는 사이
뼈만 남은 가지마다
폭발하는,

오오, 저 푸른 화약花藥 내!

호박

한 자리에 앉아 폭삭 늙었다

한때는 푸른 기운으로 이리저리 손 흔들며 죽죽 벋어나
갔지
얼마나 헤맸던가
방방한 엉덩이 숨겨놓고
활개를 쳤지
때로는 오르지 못할 나무에 매달려
버둥거리기도 했지
사람이 눈멀고 반하는 것도 한때
꽃피던 시절 꺽정이 같은 떠돌이 사내 만나
천둥치고 벼락치는 날갯짓 소리에 그만 혼이 나갔겠다
치맛자락 뒤집어쓰고 벌벌 떨었지
숱한 자식들 품고 살다 보니
한평생이 별것 아니더라고
구르는 돌멩이처럼 떠돌던 빈털터리 돌이 아범 돌아와
하늘만 쳐다보며 한숨을 뱉고 있다

곱게 늙은 할머니 한 분 돌담 위에 앉아 계시다.

풍경風磬

밤새도록 잠들지 말라고
잠들면 그만이라고
또록또록 눈뜨고 있는
하늘물고기의
초록빛 종소리
매화나무 가지마다
꽃눈을 달아 준다고
삼복염천
빗발 사이 뛰어다니더니
눈 오는 날 눈발 사이로
날아다니는
투명한 종소리
말씀의 칼 하나
번쩍이며
봄이 머지않다고
삼동 한천에 바쁘시다.

동짓달 보름달

누가 빨아댔는지
입술이 얼얼하겠다
빨랫줄에 달빛이 하얗게 널려

바지랑대가 빨랫줄을 팽팽히 떠받치고 있다
꼿꼿하다
화살이다
새파랗게 질린 하늘로 시위가 푸르르 떨고

보름보름 부풀더니
푸른 기운을 저 혼자 울컥울컥
토해내는 달
저 하늘에 시위나겠다

만건곤滿乾坤!

철새 몇 마리가 그리고 가는 곧은길 위로
흰 빨래 옷가지 하나 흔들린다

지상에선

긴긴 밤 참이라도 드는지
별들이 빙 둘러앉아 눈을 반짝이고
동치미 동이 속에 달이 풍덩 빠져 있다.

김치, 찍다

싱싱하고 방방한 허연 엉덩이들
죽 늘어섰다

때로는 죽을 줄도 알고
죽어야 사는 법을 아는 여자

방긋 웃음이 푸르게 피어나는
칼 맞은 몸

바다의 사리를 만나
한숨 자고 나서
얼른 몸을 씻고

파 마늘 생강 고추를 거느리고
조기 새우 갈치 까나리 시종을 배경으로,

잘 익어야지, 적당히 삭아야지
우화羽化가 아니라 죽어 사는 생生

갓 지은 이밥에

쭉 찢어, 척, 걸쳐놓고

김치!

셔터를 누른다.

빈 들

가을걷이 끝나고

눈 시린 하늘 아래 빈 들에 서면, 빈들

빈들, 놀던 일 부끄러워라

빈 들만큼, 빈 만큼 부끄러워라

이삭이나 주우러 나갈까 하는

마음 한 켠으로

떼 지어 내려앉는 철새 떼

조물조물 주물러 놓은 조물주의 수작秀作들!

아내의 여자

일요일 늦은 오후
아내가 거울 앞에 앉아 있다

할머니가 되었어도
할머니 소리 듣기 싫다고
대책 없이 출현하는 점령군들과
전면전을 펼치고 있다

새치라면 가려서 뽑기나 하지
여기저기 무작정 튀어나오는
게릴라, 게릴라들과
속수무책의 전투 한판

단정히 앉아
정성스레 싸우고 있는
아내의 여자.

몸

씨앗 하나 빌려 지은 작은 집
조금씩 늘이고 늘려가며 살다 보면
조금씩 흔들리고 기울기 마련이지만
지붕이 헐어 물이 새고
틈새로 세월의 새가 날아가고 있다
비바람 눈보라 들이치는 문짝
구멍 난 벽마다 쥐들이 드나들고
기둥도 오래 되어 좀먹고 내려앉았다
수도관 가스관 모두 녹슬어
막히고 터지고
물이고 가스고 새는 것 천지
난방도 안 되고 냉방도 안 되는,
가구들도 색이 바래고
지붕에도 벽에도 저승꽃이 피는 집,
나무 향이 은은히 번지고
쓸고 닦고 문질러 윤이 나던 때도 있었지
세월 이기는 장사 없다고
저절로 줄어든 크기와 높이
제자리를 지키지 못하고 흔들리는 무게의
바람 든 빈집
집 보러 오는 이 하나 없는.

개망초꽃 추억

막걸리 한잔에 가슴 따숩던
어둡고 춥던 육십년대
술 마셔 주고 안주 비우는 일로
밥벌이하던 적이 있었지
서문동 골목길의 막걸릿집
인심 좋고 몸피 푸짐한 뚱띵이 주모
만나다 보면 정이 든다고
자그맣고 음전하던 심한 사투리
경상도 계집애
좋아한단 말은 못하고
좋아하는 꽃이 뭐냐고 묻던
그냥 그냥 말만 해 달라더니
금빛 목걸이를 달아주고 달아난
얼굴이 하얗던 계집애
가버린 반생이 뜬세상 뜬 정이라고
아무데서나 구름처럼 피어나는
서럽고 치사스런 정분이
집 나간 며느리 대신
손자들 달걀 프라이나 부치고 있는가
지상에 뿌려진 개망초 꽃구름
시월 들판에도 푸르게 피어나네.

다리

한 생이 저무는 늦가을
다리를 끌며 다리를 건너는 이
지고 가는 짐이 얼마나 무거울까

다리 아래서 주워왔다는
서럽고 분하던 어린 시절이 있었지

다리를 건너가는 이는 알까
다리 아래 넘실대는 푸른 물결
어디로 흘러가고 있는지

어쩌다 이 지경이 되었을까
허방다리에 빠져 허우적거리고
두껍다리 건너다 빠진 적은 몇 번이던가

눈감으면 아득하고 눈을 뜨면 막막하다

절벽을 이은 하늘다리도 건넜고
격정과 절망의 다리,
체념과 안분의 다리도 건넜다

발자국 소리 끝없이 이어지고
허위허위 건너는 이승의 다리
처진 어깨 위로 저녁놀이 깔리고 있다

지족知足

나무는 한 해에 하나의 파문波紋을 제 몸속에 만든다

그것이 나무의 지분知分이다

더 이상 흔들리지 않는다

나무는 홀로 자신만의 호수를 조용히 기르는 것이다

만월滿月

널 바라보던 내 마음이나
네 작은 가슴이 저랬더랬지
달빛 실실 풀리어 하늘거리는
비단 옷자락
안개 속에서
너는 저고리 고름을 풀고
치마를 벗고 있었지
첫날밤 연지 곤지 다 지워지고
불 꺼진 환한 방안
열다섯에 속이 꽉 차서
보름사리 출렁이는 파돗소리 높았었지
가득한 절정이라니
너는 눈을 감고
우주는 팽팽하니 고요했었지
미끈 어둠 물러난 자리
물컹한 비린내
창밖엔, 휘영청,
보름달만 푸르게 밝았더랬지.

황금감옥黃金監獄

나른한 봄날
코피 터진다

꺽정이 같은 놈
황금감옥에 갇혀 있다
금빛 도포를 입고
벙어리뻐꾸기 울듯, 후훗후훗
호박벌 파락파락 날개를 친다

꺽정이란 놈이 이 집 저 집 휘젓고 다녀야
풍년 든다
언제
눈감아도 환하고
신명나게 춤추던 세상 한 번 있었던가

호박꽃도 꽃이냐고
못생긴 여자라 욕하지 마라
티끌세상 무슨 한이 있다고
시집 못 간 처녀들
배꼽 물러 떨어지고 말면 어쩌라고

시비/柴扉 걸지 마라

꺽정이가 날아야

호박 같은 세상 둥글둥글 굴러간다

황금감옥은 네 속에 있다.

만재도晩才島 · 2
- 거북다리

고향 떠난 사람들이
가장 맛있다고 찾는다는
그곳 말로 보찰이나 거북손이라고 하는
거북다리

몸속에 바다가 들어 있다
한입 물면 입안에서 바다가 터져 나와
파돗소리를 내는
석회질 손과 말랑한 살

두 손으로 잡고 살짝 꺾어
맛살을 입에 물고 한순간에 잡아채야지
순간을 놓치면 중간에서 끊어져
맛의 절반은 잃고 만다

우리의 한때도 그렇지
한순간에 솟구쳐야지
우물쭈물하다가는 평생이 꺾이고 마는
절반의 패배다

지지부진은 이미 죽은 것이나 다름없다
절반의 패배는 절반의 성공이라고 자위할 것인가
참맛은 어디서 나오는가
제때를 만나야 하는 것이 아닌가.

만재도晚才島 · 1

낮이면
하늘은 어느새 속을 비워 쪽빛을 풀어내고
바다는 그를 따라 제 몸의 빛깔을 뿜어내고 있었다

밤이 되자
쏟아질 듯 펼쳐져 있는 은하수
이따금 별이 하나씩 바다로 떨어져 내렸다

아침에 일어나면
쪽빛 바다가 떨어진 별떨기를 챙기고
싱싱한 수평선 한 마리를 물고 있는
고운 해가 빠알갛게 떠올랐다

천상천하天上天下 유아독존唯我獨存이다

섬과 바다가 악기가 되어 물로 켜는
파돗소리를 듣고 있는 텅 빈 분교장
초등학교 1학년 아들을 목포로 유학 보낸
젊은 엄마
갯쑥부쟁이꽃을 바라보며 넋을 놓다

물질 나갈 준비에 바쁜 갯마을

자갈 곱게 깔린 앞짝지에서
혼자서 바다랑 놀고 있는 세 살배기.

배 지나간 자리

배 지나간 자리란 말이 있고
죽 떠먹은 자리란 말도 있긴 하지만
배가 지나가고 나면
물이 일어서며 아우성치는 소리
눈으로 들어본 적 있는가

헤어지면 죽고 못 살 것만 같지, 허나
허연 물거품은 시간 속으로 스러지고
바다는 언제 그랬더냐고 웃고만 있지
너를 보낸 내 가슴바다도
물길 갈라지고 파도는 깨어지며 울었었지

단단한 것은 언젠가는 깨어진다고
완벽하고 단단한 사랑이여
부드러운 물은 부드러운 말로 부드럽게 말하지
부드럽다는 것이 얼마나 강한 것인지
아는 이 세월밖에 또 있겠는가

지나고 나면 다 배 지나간 자리
죽 떠먹은 자리일 뿐인데

바다여 파도여

아우성치지 말라

눈으로 듣고 귀로 말하는 것이 얼마나 아픈지

바다여 파도여 섬을 보아라.

능소화

언제 바르게 살아 본 적 있었던가
평생 사내에게 빌붙어 살면서도
빌어먹을 년!
그래도 그거 하나는 세어서
밤낮없이
그 짓거리로 세월을 낚다 진이 다 빠져
축 늘어져서도
단내 풍기며 흔들리고 있네.

마음 빼앗기고 몸도 준 사내에게
너 아니면
못 산다고 목을 옥죄고
바람에 감창甘唱소리 헐떡헐떡 흘리는
초록치마 능소화 저년
갑작스런 발소리에
소스라치게 놀라, 花들짝,
붉은 혀 빼물고 늘어져 있네.

찔레꽃에게

찔레꽃 피었다고 저만 아플까
등으로 원망하고
어깨로 울며 가더니
가슴에 눈물로 물거품 지어
물너울 치며 오는구나
슬픈 향기 자옥자옥 섭섭하다고
그리움은 그렁그렁 매달리는데
꽃숭어리 흔들린들 지기야 하겠느냐
푸른 잎 사이사이 날카로운 가시여
그게 어찌 네 속마음이겠느냐
그렇다고 꽃 이파리 다 드러낼 리야
꽃잎마다 네 이름을 적어 놓느니
저 꽃이 지고 나면
빨간 사리가 반짝이며 익으리라
낙엽 지고 갈바람 불어온다 한들
찬 서리하늘 어이 석이지 않으랴
저렇듯 네 가슴도 환하게 밝혀지리니
찔레꽃 진다고 저만 아프겠느냐.

보지寶池를 보다

관곡官谷이란 곳에 보지寶池가 있다
끝없이 너른 연못이 연蓮으로 덮여 있는데
하루 종일 돌아도 끝이 없다
흔한 홍련紅蓮 백련白蓮만이 아니라
온갖 크고 작은 갖가지 연꽃이 다 있다
마른 우뢰가 이따금 멀리서 우는 한낮
문을 활짝 열고 있는 집집마다
금은보화가 가득가득 쌓여 있었다
동행한 선인仙人도 입을 다물지 못하고
눈길이 바쁘게 달리고 있었다
집안에서 술을 거르고 있는 섬섬옥수
버들허리 처녀애들 바쁘게 나다니고
향기로운 술 냄새 밖으로 흘러나왔다
손님들이 수없이 드나들지만
조용하기 절간만 같았다
우리도 어느 집 문안으로 들어서자
열여섯 손길이 이끌어 자리를 잡고
잠시 기다리자
가야금 앞세우고
연꽃낭자 술상을 차렸는데

천년 된 느티나무 아래 금빛 마루였다

오색 술병에 든 액체는 화택火宅의 것이 아닌

천상의 이슬로 빚은 옥로주玉露酒였다

몇 차례 잔이 가야금 줄을 타고 돌자

선인과 나는 하늘에 둥둥 떠 있었다

갑자기 번개 치고 천둥 울자

소나기가 시원스레 쏟아지기 시작했다

깜빡 잠에서 깨어 눈을 뜨니

아까 마신 연 막걸리 대접에

이마를 박고 있는 선인과 나

느티나무에선 매미가 시원스레 울고

보지寶池의 연꽃들은 오수에 빠져 있었다.

물의 뼈

물이 절벽을 뛰어내리는 것은
목숨 있는 것들을 세우기 위해서다

폭포의 흰 치맛자락 속에는
거슬러 오르는 연어 떼가 있다

길바닥에 던져진 바랭이나 달개비도
비가 오면 꼿꼿이 몸을 세우듯

빈 자리가 다 차면 주저 없이 흘러내릴 뿐
물이 무리하는 법은 없다

생명을 세우는 것은 단단한 뼈가 아니라
물이 만드는 부드러운 뼈다

내 몸에 물이 가득 차야 너에게 웃음을 주고
영원으로 가는 길을 뚫는다

막지 마라
물은 갈 길을 갈 뿐이다

비 오는 날

'사랑밖에 난 몰라~~~'
심수봉이 울고 있다
사랑을 안다는 말인지
모른다는 것인지

사랑 밖에 무엇이 있는가
사랑에 앉아 내다봐도
사랑은 보이지 않고

토란잎 옆자리
호박꽃이 피었다
길이 끊겨
꺽정이놈 같은 호박벌은 오지도 않고

잔술집 나이 든 주모
애호박전 부쳐 놓고
밖을 내다보고 있는
다 저녁때.

저승

그곳이 좋긴 좋은가 봐

가지 않는 사람 하나 없는 걸 보면,

가 본 사람 아무도 없지만

간 사람 되돌아오지 않는 걸 보면.

달맞이꽃

모자 벗어 전봇대에 걸어 놓고
고꾸라져 곯아떨어지던,

때로는
막차에 올라 신발 벗고
나이 든 손님마다 큰절을 하던,

어김없이
대문 앞에 흥건히 오줌을 쏘던
시퍼런 사내,

밤마다 기다리던 사람
죽어서도 못 미더워

애기 업고 길가에 나와 서 있는
노오란 달빛!

미루나무

1
반짝이는 푸른 모자

팍팍한 둑길

홀로

휘적휘적 걸어가던 아버지.

2
새로 난 신작로

차 지날 때마다

뽀얀 먼지 뒤집어쓴 채

멍하니 서 있던 아버지.

우주

1
뻐꾸기는 오목눈이 둥지에, 몰래,
알을 낳아 놓고,

황조롱이는 까치집을 빼앗아
새끼를 친다.

2
사글세도 안 내고 사는 세상
새벽 이른 시각
매화나무에 직박구리 손님이 오셨다
지비지비! 지비지비!
왜 '집이, 집이!'로 들리는지,

집세 내고 살라는 듯
한참 울다 가셨다
지비지비! 지비지비!
우주의 주인은 어디 계신지
가뭇없다.

안개꽃

사람들 앞에서는
주인공은커녕

배경밖에 되지 못하고
장미 고년 상 받을 때

박수나 치는
들러리일 뿐이지만

무리 지어 서면
은하수로 반짝이는

나도
한 송이 별이 된다.

지심도只心島

저 흐드러진 꽃 다 지고 나면
가슴속 기슭마다 산사태 나겠네
어이 둥둥 떠서 어디로 흘러갈거나
행탁 하나 달랑 메고
길 떠나고 싶네.

마음속 지대방을 나서면 천지가 내 것
가지 못하고 마음만, 마음만, 할 양이면
뜻밖에 만나는 풍경 밖으로
뜬금으로 값해 주고 한없이 가리
지심도, 只心島를 찾아서!

시詩를 먹다

시집 『봄, 벼락치다』가 나온 날 밤
과거와 현재와 미래가 공존하는
거기가 여기인 초월의 세상,
꿈속에서였다
아흔아홉 편의 시를 몽땅 먹어치웠다
그래도 전혀 배가 부르지 않았다
이밥을 아흔아홉 사발을 퍼먹었더라면
아니 아흔아홉 숟가락만 떠먹었어도
배가 남산만 해서
숨쉬기도 힘들어 식식댔을 텐데
옆에 있던 노 대통령이 무언가 암시하고 있었다
곧 좋은 일이 있을 것이라고,
임보 시인은 대대로 야당이었다며
새로 나올 시론집의 목차를 보여 주었다
작고 시인과 생존 시인들의 이름이 적혀 있었다
가나다순의 맨 끝에 나도 언뜻 보였다
당근을 심은 밭가였다
제주도 어디인 듯 척박한 땅이었다
이생진 시인이 겨자씨만큼이나 작은 씨앗이 든
콩알만 한 열매를 한 줌 쥐어 주었다

구황 식물이라면서 밭에 뿌려 두라고 했다
옆에 있던 황금찬 시인께서
오랜만에 나온 시집을 웃으며 축하해 주었다
시골집이었다
어머니가 지붕에 이엉을 얹고
마지막 용마름을 올리고 단단히 잡아매고 있었다

새벽 두 시,
이제 『봄, 벼락치다』의 아흔아홉 편의 시는 사라지고 없다
구황 작물의 작디작은 씨앗을 뿌리러 나가야겠다
저 거친 황야로
개 짖는 소리 들리는 꼭두새벽에!

호호 好好

도화 도화, 좋아, 좋아!
저 연분홍 누각 속에는
벌써,
물큰한 엉덩이 눈이 반쯤 감겼다
가슴츠레하다
이 환한 봄날 대낮
무작정 낙하하는 첫날밤 신부의 속옷
낙화, 낙화,
나무 아랜 사내들이 술잔 위로 눈이 풀리고
잔과 잔 사이 사뿐사뿐 내려앉는
속수무책의 저 입술들
드디어 잔 속으로 정확히 안기는 여자
무색의 액체가 금방 분홍으로 빛난다
나를 마셔 보라고
진한 지분 냄새로 금방 해는 기울고
산 빛이 조금 더 짙어졌다
벌 떼처럼 밀려오는 욕정이
잉잉거리며 지분지분—.

매화나무에 풍경 달다

거저 듣는 새소리 고마워
매화 가지에 방울을 걸어 주었다

흔들의자에 앉아
바람이 그윽한 화엄의 경을 펼친다
매화의 분홍빛 눈은 이미 감겨지고
연둣빛 귀를 파릇파릇 열고 있다

매화에 없는 악보를 풍경치듯
하나 하나 옮겨놓고 있는
붕어가 콕콕 쪼고 톡톡 치며
하늘의 노래를 시나브로 풀어 놓고 있다

바람이 물고기를 타고 춤을 추는
매화 사타구니에서 울리는 종소리에
가지마다 많은 열매가 열리겠다
올해는 매실이 더욱 튼실하겠다

명자꽃

꿈은 별이 된다고 한다
너에게 가는 길은
별과 별 사이 꿈꾸는 길
오늘 밤엔 별이 뜨지 않는다
별이 뜬들 또 뭘 하겠는가
사랑이란
지상에 별 하나 다는 일이라고
별것 아닌 듯이
늘 해가 뜨고 달이 뜨던
환한 얼굴의
명자 고년 말은 했지만
얼굴은 새빨갛게 물들었었지
밤이 오지 않는데 별이 뜰 것인가
잠이 오지 않는데 꿈이 올 것인가

복사꽃 그늘에서

돌아서서
새실새실 웃기만 하던 계집애
여린 봄날을 후리러
언제 집을 뛰쳐나왔는지
바람도 그물에 와 걸리고 마는 대낮
연분홍 맨몸으로 팔락이고 있네.

신산한 적막강산
어지러운 꿈자리 노곤히 잠드는
꿈속에 길이 있다고
심란한 사내 달려가는 허공으로
언뜻 봄날은 지고
고 계집애 잠들었네.

참꽃여자 · 14

누가 뭐라 했는가
추억 속의 봄날은 가슴만 뛰어
꽃 피고 지는 일 멀기만 했다
마주하는 것조차 부끄러워
봄바람에 새살새살 숨넘어가는
연분홍 불꽃으로 꽃불 피우는
싸늘한 입술이 달아오르고
바위도 달싹달싹
안절부절못하고 색색거려서
볼그레 얼굴 붉히는
열 서넛이나 되었을까
무작정 뛰쳐나온 철없는 계집애
누굴 홀리려고 한눈을 팔다
골짜기로 나자빠지는가
짧은 입맞춤에 피를 토하다
선홍의 산자락이 꽃사태로 무너진다
치정이다 불륜이다 그런 건 몰라
아무리 불임의 봄날이지만
봄볕은 자글자글 끓어오르고
가슴 깊이 묻었던 시퍼런 바람

취해서 바위 뒤에 잠이 들었다
오오, 독약이여. 엄살이여
환장하것네, 참!

인력引力

섣달그믐이 되자
까치설날이라고
'까치 까치 설날은 어저께고요'
의사들도 다 집으로 가고
'우리 우리 설날은 오늘이래요'
간호사들도 팔랑팔랑 설 쇠러 가고
환자들도 하나 둘 빠져나가
물 나간 갯벌에
빈 조개껍데기,
고둥 몇 개
하품을 하고 있는
노숙자처럼, 갈 곳이 있어도
가지 못하는
갯바람에 쏠리는
썰물 때.

비익조比翼鳥, 날다

물 나간 갯벌 같은 병실에서
끼룩 끼이룩 끼룩 끼이룩
날이 들기를 기다리며
거동 못하는 남편의 수발을 드는
'ㄱ'자가 다 된 낡은 버커리
장성한 자식들 삐끔빼꼼 들렀다 가고
바퀴의자에 거푸집처럼 달라붙어
온종일 종종대며 맴돌고 있는
결국엔 가시버시뿐이라고
굽은 등 펴지도 못하면서
통증은 차라리 즐겨야 한다며
몸뚱이야 푸석푸석하지만
성긴 머리 아침마다 곱게 빗겨주는
거친 손
돌아다보면 죄 될 일만 떠오르는
지난 세월의 푸른 하늘로
부부간은 촌수도 없는 사이라고
뭐니 뭐니 해도 둘밖에 없다고
세월에 염장된 물새 두 마리
그믐달을 떠메고 날아가고 있다

안개를 말하다

점령군인,
아니 빨치산 대장의 정부인 그 女子
벙어리장갑처럼 배가 부른 그 女子
오리를 품고 오리를 가도 오리를 잡지 못하고
오리무중이 되는 그 女子
시도 때도 없이 정분이 나
슬슬슬 살 비비며 비단치마 걷어 올리는
속수무책인 그 女子
고무풍선인 그 女子
지상의 마지막 낭만주의자인 그 女子
은밀한 음모를 품고 쥐죽은 듯 스며드는 그 女子
온몸이 발이요 날개인 그 女子
한없이 부드럽고 한없이 막강한 그 女子
무시로 몸을 바꾸고, 버리는, 물인 그 女子
주머니가 없는 그 女子
텅 빈 여자, 빈손인 그 女子
눈물뿐인 그 女子,

산수유 그 여자

눈부신 금빛으로 피어나는
누이야,
네가 그리워 봄은 왔다

저 하늘로부터
이 땅에까지
푸르름이 짙어 어질머리 나고

대지가 시들시들 시들마를 때
너의 사랑은 빨갛게 익어
조롱조롱 매달렸나니

흰 눈이 온통 여백으로 빛나는
한겨울, 너는
늙으신 어머니의 마른 젖꼭지

아아, 머지않아 봄은 또 오것다.

울인鬱끼 품다

생때같은 자식들 다 잃고
속이 달다 타버린 가슴속으로
다물다물 쌓이는 생生의 빈 껍질
새된 바람 일 때마다
목을 풀고 가다듬어
북장단 하나로 소리를 세워
중모리로 풀어내는 사설 한 자락
수벌수벌 어울린 사람들
아는 새 모르는 새 떠나버리고
가슴속 품고 있는
마음 쓿어 벼린 칼 한 자루
솔바람 물소리에 몸을 씻고
산 첩첩 물 창창 땅 끝에 서서
입술이 파랗게 타고 있다.

11월

난초꽃이 피었다
지고
대숲의 바람소리 성글어졌다
작별 인사는 짧게 하자
언제
혼자 아닌 적이 있었던가
은행잎 노랗게 슬리는
저녁녘
가지도 말고
머물지도 말라고
세상 다 품고 갈 듯이
집 떠난 바람이 카랑카랑 울고 있다
귀가 환하다
작별 인사는 하지 말자.

늑대거미

거지중천의 빈집
고요가 출렁이고 있다

돌아오지 않기 위하여
떠나지 못하는
천지간에 길을 열었다

여기서부터
천릿길
이제부터 홀로 가는
천년을
무작정 기다리는
막막함으로

늑대 울음도 걷히고
주검처럼 매달려 있는
거미 한 마리

흔들흔들
하늘그네
허공에 뜬 섬이다.

요 요

좋은 것 같아요! 슬픈 것 같아요! 뜨거운 것 같아요!
배고픈 것 같아요! 아름다운 것 같아요! 사랑하는 것 같
아요!
맛있는 것 같아요!

그래 그래 '같아요!' '같아요!'
'요, 요' 하다 보면 요요搖搖하다
요요姚姚하고 요요夭夭한 소녀들
'요, 요!' 하며 요요yoyo를 가지고 노는 걸 보면
요요擾擾하고 요요寥寥해진다

달면 달고 쓰면 쓴 것이고
좋으면 좋고 싫으면 싫은 것이지
꽃이 고우면 고운 것이지
고운 것 같은 꽃은 어디 있는가
고운 꽃은 네 마음속에서 피어난다
너는 어디 가 있기에,

'같은 것 같은' 것만 '있는 것 같고'
너는 없는가

왜?

추금 秋琴

가을 저녁,
풀과 벌레들이 한데 어울려
스스로 하나의 악기가 됩니다

벌레들은 풀잎처럼 소리를 푸르게 세우고
풀잎은 벌레소리에 맞춰 피리를 불어
풀벌레소리를 엮으면
싸목싸목 들르던 초저녁 어스름 여린 달빛
백중사리로 한밤의 문턱을 넘어옵니다

팽팽한 줄이 끊어질 듯 끊어질 듯 깊어
소리로 한 채의 집을 지우고 다시 세우는
저들의 애면글면하는 울력으로,
어두운 밤이 환해지다 다시 어두워지고
또 화안해지고,
반생을 살고 있는 변두리
저들이 나를 호려 벼리고 벼리니
내 귀가 천 개로 활짝 열립니다

문득, 야심토록 홀로 앉아

실을 잣는 어머니의 은빛 물레질 소리
일필휘지 초서체 가는 가락으로 흐릅니다
풀잎은 몸을 비우고 벌레는 혼을 비우고
초근초근 자신을 연주하는
저 당당하고 능숙한 솜씨
풀소리 벌레소리 꽃으로 피는 밤이면
밤새도록 나의 누항陋巷이 꽃처럼 환합니다.

벌건 대낮

어제는 대서大暑
내일은 중복中伏
길가의 돌도 절로 크고
염소 뿔도 녹아내리는
대서와 중복 사이
천지에 부끄러울 것 없고
창피할 것 하나 없어
훌훌 다 벗어젖힌 대낮
무더위가 가랑이를 쩍 벌리고 누워버렸다
물집에서 금방 나온 붕어 떼
입을 딱딱 벌리고 파닥이고
불길을 걸어
축 늘어진 황소 불알
천근만근의 영원으로
대서와 중복 사이
덜렁덜렁
그림자도 무겁다

흔적痕跡

너에게 상처를 주고 만 일
후회란 져 버린 꽃잎이거니
유수 청산에 흠만 내네
입술 준 찔레꽃 하얀 한숨소리
여물지 않는 마음은 어쩌나
마음먹고
청정도량 돌고 돌아도
마음 한 자락 다스리지 못하니
복장만 터지네
누가 복장을 지른다고
삶의 먼지만 자꾸 쌓여서
차라리 아득하면 보일라나
들릴라나
여민 가슴은 풀리지 않고
흔적만 남아
모란꽃 치마폭처럼 눈부시고 슬픈.

삼각산三角山

5월의 화산華山은

백운白雲의 돛을 달고,

인수仁壽의 노를 젓는

만경萬景의 바다.

연둣빛 꽃으로 장식한

초록빛 풍류―,

화엄華嚴의 우주를 유영하는

거대한 범선 한 척.

연연 然然

봄이 왔다고
발기하는 물의 뼈
하늘과 땅으로
짤똑짤똑 오는 찔레꽃 향기
바싹바싹 마르는 입안
환하게 타는 입술
바람 탓, 바람 탓이라고
잠깬 봄비의 욕망덩어리
어둡고 추운 기억을 안고
새까맣게 타버린 가슴
망각으로 가는 세월
배시시 웃는 연둣빛 새순
천사와 악마의
봄날 궁전

장醬을 읽다

그녀는 온몸이 자궁이다
정월에 잉태한 자식 소금물 양수에 품고
장독대 한가운데 자릴 잡으면
늘 그 자리 그대로일 뿐—,
볕 좋은 한낮 해를 만나 사랑을 익히고
삶의 갈피마다 반짝이는 기쁨을 위해
청솔 홍옥의 금빛 관을 두른 채
정성 다해 몸 관리를 하면
인내의 고통이 있어 기쁨은 눈처럼 빛나고
순결한 어둠 속에서 누리는 임부의 권리.

몸속에 불을 질러 잡념을 몰아내고
맵고도 단맛을 진하게 내도록
참숯과 고추, 대추를 넣고 참깨도 띄워
자연의 흐름을 오래오래 독파하느니
새물새물 달려드는 오월이 삼삼한 맛이나
유월이년의 뱃구레 같은 달달한 맛으로
이미 저만치 사라진 슬픔과
가까이 자리 잡은 고독을 양념하여
오글보글 끓여 내면

투박한 기명器皿에 담아도
제 맛을 제대로 내는
장醬이여, 너를 읽는다
네 몸을 읽는다

'봄'표 소주

봄이 오셨다
젖빛 옷을 입고 오셨다
온몸에서 젖비린내가 진동한다
젖물이 뚝뚝 듣는다
아기들은 지상에서 가장 맑은 물방울을
하나씩 머리에 이고 있다
부산스럽지만 고요하다
아직 탯줄도 자르지 않은 몸짓이 앙증맞다
밤새도록
자궁 출렁이는 소리
우주의 뜨거운 양수가 하늘로 솟구쳤다
가슴속 은밀한 골짜기
암자의 돌담을 안고 날아오르는
사미니 한 년
사내도 없이 겁도 없이 봄을 낳으셨다.

봄이 오셨다
아지랑이 타고 오셨다
안개처럼 는개처럼 사라지고 있다
'봄'표 소주병이 뜨거운 날개를 달고

하늘로 하늘로 날아가고 있다
금방 모습이 보이지 않는다
바람처럼 가볍다
연한 물빛 같은 봄이 오셨다
천국처럼 봄날이 오시고
지옥처럼 봄밤이 오셨다
새가 되고 싶은 사내는
제비꽃 음순만한 외로움을 안고
나른나른 아린 눈물에 젖고 있다
비워도 마음은 무심無心으로 남아
세상은 천국이고 지옥일 수밖에야!

돌산 갓김치

눈 속을 뚫고 온 돌산 갓김치
입 안에 넣자
톡! 쏘는 맛이 상쾌하다
추위를 견디고 난
토라진 계집처럼 매콤하다
몇 번 씹으면
금세 코끝이 찡하고
금새 한 마리 눈물을 콕콕 쪼아낸다
바닷바람 탓인가
은장도 날빛 같은 달빛 배어 그런가
살짝 전 이파리와 줄기 속
숨어 있는 금오산 동백꽃 향기
멸치젓 국물도 번져오고
바람바람 봄바람 인다
깊은 물은 맑아도 속을 들내지 않듯
갓 속에 숨은 맛이 씹을수록 깊다
파도의 푸른 피가 향기롭다.

탐나는 탐라도

탐라는 어머니의 섬
어린 새끼 젖 먹이려 가슴 풀어 헤친
어머니, 어머니의 섬
죽을 둥 살 둥 빨아도
젖 한 방울 나지 않는데
입술 터지도록 빨아대던 새끼들
다 키워내고
이제는 넉넉한 품으로 누워 있는 탐라여
새끼들마다 바람과 파도를
죽어라 살아라 맞고 부딪치며
어머니의 힘으로 굳건히 살아남은
삼백육십여 개의 오름들
줄줄이 거느리고
해일과 눈보라 고맙게 견뎌냈으니
탐라여, 너는 위대한 어머니
삶이란 힘들수록 살아볼 만한 것
척박한 화산섬을 진주로 가꾼
어머니의 거칠고 투박한 손길로
이렇듯 빛나는 보석을 빚어내다니
굳은살 터진 손의 위대한 힘이여
녹색 진주인 탐나는 섬
탐라도

찬바람 불면 네가 그립다

늦가을 초겨울에 생각나는 사람
고작 짝사랑하던 여자냐
아직도 그 여자 네 가슴속 물바다에
차란차란 출렁이느냐
어둔 밤 일렁이는 호롱불 하나
네 가슴에 밝혀 놓고
그을음 없이 타는 불길 꺼지지 않아
홀로 밤을 밝히고 있느냐
배꼽 아래 집 한 채를 위하여.

옆구리 시리다고
차 버린 사내가 생각나느냐
그 사내 여태까지 남 주기 아까워
여짓여짓 말을 묻느냐
강물 속으로 흐르는 강물
소리 없이 흐르듯
한평생 건너지 못하는 강을
저녁노을 타는 불에 그리고 있느냐
배꼽 위의 집 한 채를 위하여.

단칼을 기리며

다시는 안 볼 것처럼 돌아서지 마라
당장은 후련하겠지만
언젠가 어디선가 또 만나지 않겠느냐
해방은 없다 자유도 없다
목숨 있는 동안은 빗장을 걸지 마라
다 산 것처럼 하지 마라
내일도 해는 또 다시 떠오른다
절정에서 눈부시던 것들
소멸의 순간은 더욱 곱고 아름다워야 한다
말도 글도 살아 있어 씨를 맺느니
함부로 말하지 마라 쓰지도 마라
당장 내뱉으면 시원하겠지만
배설의 쾌감으로 황홀하겠지만
나이 들면 경지에 이른다들 하는데
눈이 흐려지고 귀가 멀어지니
이건 무슨 조화인가
안 보고 안 들어도 보이고 들린다는 것인가
와락, 달려들어 안고 싶은 것
비단 너뿐이겠느냐마는
와락와락 솟구치는 급한 마음에
함부로 떠나보내는 나를 용서해 다오

시詩여

밥

밥은 금방 지어 윤기 잘잘 흐를 때
푹푹 떠서 후후 불며 먹어야
밥맛 입맛 제대로 나는 법이지
전기밥솥으로 손쉽게 지어
며칠을 두고 먹는 지겨운 밥
색깔까지 변하고 맛도 떨어진
그건 밥이 아니다 밥이 아니야
네 귀 달린 무쇠 솥에 햅쌀 씻어 안치고
오긋한 아구리에 소댕을 덮어
아궁이에 불 지펴 나무 때어 짓는
아아, 어머니의 손맛이여,
손때 묻어 반질반질한 검은 솥뚜껑
불길 고르다 닳아빠진 부지깽이
후둑후둑 타는 청솔가리
설설 기는 볏짚이나 탁탁 튀는 보릿짚
참깻단, 콩깍지, 수숫대
풍구 바람으로 때던 왕겨 냄새 그리운 날
냉장고 뒤져 반찬 꺼내기도 귀찮아
밥 한 공기 달랑 퍼 놓고
김치로 때우는 점심 홀로 서글퍼

석 달 열흘 가도 배고프지 않을
눈앞에 자르르 어른거리는 이밥 한 그릇
모락모락 오르는 저녁 짓는 연기처럼
아아, 그리운 어머니의 손맛!
그러나 세상은 그게 전부가 아닐세
시장이 반찬이라 하지 않던가
새들은 나무 열매 몇 알이면 그만이고
백수의 제왕도 배가 차면 욕심내지 않네
썩은 것도 가리지 않는 청소부
껄떡대는 하이에나도 당당하다
배고픈 자에겐 찬밥도 꿀맛이요
밥 한 술 김치 한 쪽이면 임금님 밥상
그러니 지상은 늘 우리의 만찬장이 아닌가.

영자를 위하여

영자의 소리는 살아 있는데 얼굴이 없어
어릴 적 고향에서
'영자야, 들어와 밥 먹어라'할 때나
'가마 타고 장가가기는 영 글렀네'라 노래할 때
'영자'의 영자나
'영 글렀네'의 영자나
'영'자는 '영'자가 아니었다
ㅏ 다음에 ㅑ, ㅗ 다음에 ㅛ이듯
ㅡ 다음에는 =가 돼야 하지
=의 위아래에 ㅇ을 붙이면
고향사람들이 영자를 불러들일 때든
노총각들 신세타령 노래 부를 때
영자의 얼굴을 만날 수 있지
이런 소리 귀 뜨는 이도 있겠지만
영자의 얼굴이 없어서야 쓰겠는가
영자를 위하여.

흰 모란이 피었다기

모란이 피었다는
운수재韻壽齋* 주인의 연락을 받고
한달음에 달려갔더니
금방 구름처럼 지고 말
마당가득흰구름꽃나무숲
저 영화를 어쩌나
함박만한 웃음을 달고
서 있는 저 여인
한세상이 다 네게 있구나
5월은 환하게 깊어가고
은빛으로 빛나는 저 소멸도
덧없이 아름답다

* 운수재 : 임보 시인의 당호

곡우穀雨, 소쩍새 울다

곡우哭憂,

뜬눈의 밤을 하얗게 밝혀
가슴속에 슬픔의 궁전 하나 짓는,

칠흑 날밤 피로 찍어 쌓아올린 탑
하릴없이 헐어내리는—,

소쩍새 울다.

* 저저지난해 곡우穀雨(4월20일)에 처음으로 뒷산에서 소쩍새가
울었다. 새벽 세시 소쩍새 울음소리에 잠이 깨다. 소쩍, 소옷쩍!
2005년에도 곡우는 4월 20일, 지난해도 곡우에 소쩍새가 울었다.

참꽃여자 · 10
– '한오백년'을 들으며

봄에 왔다 봄에 간 너의
침묵으로 피어나는 연분홍 아우성 앞에
무릎 꺾고 애걸하다 젖고 마는
눈물 맑은 손수건 다 펼쳐 놓고
싸늘한 바람도 잠깐, 꽃불이 붉어 무엇 하리
피고 지는 게
다 이루지 못하는 세상일 줄이야
너를 보는 건 영원한 나의 오독誤讀이구나
물도 한껏 오르지 못한 하늘하늘 꽃이파리
파리한 볼 서늘한 불로 태우고
그렇게 왔다 갈 걸 왜 왔느냐고
발걸음 멈추고 머뭇거리는 바람
화장도 하지 않은 민낯으로 서서
마냥 사무치는 그리움 이냥 삭아 내리는데
산등성이 지는 해, 네 앞에선
어찌 절망도 이리 환한지
사미니 한 년 산문에 낯붉히고 서 있는가
한오백년을 술잔으로 비운다

아득한 3월

떼과부들 옆구리 근질근질 간지럽다
강물이 하늘로 하늘로 흐른다

풀과 나무들이 한 땀 한 땀 수를 놓는
느낌표와 물음표가 천지에 지천이다

느낌표 위에 앉아 파릇파릇 웃고 있는 노랑나비
물음표를 보고 고개를 갸우뚱 하고 있는 물총새

안개가 아침을 데불고 나오고
들판을 떠메고 오르는 아지랑이

눈 시린 수채화 같은
청명淸明이 가까워지고 있었다.

발을 닦으며

왜 발바닥에 때가 많이 끼는가
저녁마다 씻고 닦아도 소용이 없다
발바닥의 때만도 못하다는 소리를 들으면
때로는 때라도 되고 싶다
때가 되면 어디든 때는 끼는 법
때는 자신의 무게를 지니고 있다
때는 제 몸이 무거워 아래로 내려앉는다
온몸을 지탱하고 있는 몸의 노예인 발
그 밑에 생의 불순하고 속된 것들
더러운 이름들이 겹쳐
무게의 집중을 이루려고 달라붙는다
숙명처럼 묵묵히 모든 것을 포용하는
순하디 순한 발은 불평도 불만도 없다
때로 때는 수도사처럼 근엄하지 않는가
무거운 때는 언제 어디든 스스로 앉는다
크고 화려한 의자를 보면 주눅이 들어
발바닥의 때만도 못한 시인이 된다
발바닥은 차라리 천길 벼랑 위 수도원이다.

시수헌의 달빛

소한小寒날 시수헌詩壽軒에 모인 소인騷人들
술판이 거나해지자
어초漁樵 처사 시수헌이 아니라 시주헌詩酒軒이군 하니
임보林步 사백 시술헌으로 하자 하네
서우瑞雨 사백 '수壽' 밑에 ㄹ(乙)자를 그려 넣었다
오, 우리들의 시수헌이여
'수'자에 획 하나 더해 '주'가 되든
받침 하나 붙여 '술'이 되든
시 속에 술이 있고
술 속에 시가 있어
시쟁이들의 시수헌은 따뜻하고
술꾼들의 시수헌은 눈부시다
오오,
시수헌의 달빛은 오늘밤도 푸르고 차다.

* 시수헌 : 월간 『우리詩』 편집실

소한小寒 풍경

섣달 보름 소한날 둥근 달빛이 바삭바삭 푸르다.

서울쌀막걸리병의 몸통을 탁! 쳐서 기절시킨다.

찰랑찰랑 따른 술잔마다 별들이 벌벌 기고 있다.

하늘 위를 낮게 날던 새가 하릴없이 젖고 있다.

바다와 시詩

난바다 칠흑의 수평선은
차라리 절벽이어서
바다는 대승大乘의 시를 읊는데
나는 소승小乘일 수밖에야
죽어 본 적 있느냐는 듯 바다는
눈물 없는 이 아름다우랴고
슬픔 없는 이 그리워지랴고
얼굴을 물거울에 비춰보라 하네.

제 가슴속 맺힌 한
모두어 품고 아무 일도 없는 양
말 없는 말 파도로 지껄일 때
탐방탐방 걸어 나오는 수평선
밤새껏 물 위에 타던 집어등
하나 둘 해를 안고 오는 어선들
소외도 궁핍도 화엄으로 피우는
눈 없는 시를 안고 귀항하고 있네.

점심

그해 겨울
바다에 갔다
너를 보지 못하고 돌아와

혼자서 드는 늦은 매나니
사부랑삽작 건너뛰지 못하고
마음에 점 하나 찍는 일 버겁구나

사그랑이 다 된 생生이라도
살 가운데 이우는 일
살가운데 어쩌겠느냐

우련 잦아질 흔적 하나
함지咸池 속으로 몸을 떨군다
하동하동 지는 해처럼

문 바르기

1.
햇빛 좋은 날을 잡아
문을 바른다

문짝 떼어 털고 닦아
문살마다 풀칠하여 창호지를 붙이고

푸, 푸! 물을 뿜어
양지쪽에 세워 놓으면

문마다 지지 않는 꽃이 피어나
방안이 화안하다

2.
지창은 수줍은 신부처럼 낯을 가리고
바르르바르르 떠는 문풍지

목소리 낮춰 은은한 반투명으로
지나간 것 모두 아쉽고 그리웁다 우네

3.
빛과 바람 반쯤 차단하는 문,
추억의 문만 바르고 있는
초록살이 지샌 가을 어름
하늘에는 고단한 새들이 길을 쓸고

아뜩한 바람무늬 눈물겨워
지상에선 지창마다 불을 밝히는

가을날의
겨울맞이

우이도원牛耳桃源에 오르며

누구에게나 한때는 있다
지나고 나서
그때가 좋았다는
그때가 한때다

우이도원 오르는 길
폭포를 세우고 있는
물소리 앞에 앉아
단소 가락에 젖는 한나절

하늘 푸르러 가락이 길고
물은 나즉나즉 노래를 감싸는데
구비구비 흐르다 보면 우리도
꺽꺽꺽 막히며 꺾이기도 하고

노래도 때로는 멋지 않더냐
햇발 통통통 튀어나오는 곳
오늘은 물로 집 한 채 지어 세우니
눈부시다, 눈부시다

늦매미들 늦게 나온
오리나무 우듬지
푸른 물소리 위에 앉아 떼로 울며
물칼을 갈고 있다.

귀뚜라미 통신

지상에 맺는 이슬 차게 내릴 때
가슴 저린 달빛 천리
올올이 엮어 비단, 비단 짜더니

추분 무렵
계절 깊어 하늘 높으면
울음도 투명하니 불꽃이 되나

떫은맛 비린내도 잦아드는
풀잎마다 울리는 피리 가락
지독한 설움으로 적막을 잣네

가슴속 갈피갈피 울어쌓던 바람소리
나무마다 불립문자 스스로 타는
머언 산등성마루 짓찧는 산 빛 엮어,

저무는 고향길, 가을 물길로
엽서 적어 띄워 보내네
그 엽서 채운彩雲 피워 하늘만 하네.

새벽 세시

새벽 세시는
탄생과 죽음의 경계선
늘 깨어 있는

적막과 암흑이 피를 돌게 하고
생명의 불꽃이 일어
하늘과 땅을 동시에 가리키는

사유의 등을 밝혀
새 생명의 울음소리를 맞고
산고의 진통을 씻는

하루의 허리
生의 중심인
찰나와 영원의 새벽 세시는

새로 피어나는 꽃을 보며
홀로 지고 있는
마지막 불꽃도 아름답다.

보물선을 찾아서

꽃밭에서 온 바람은 흔들리고 있었다
얼마를 쉬임없이 흔들리다가
비눗방울 속
금빛 고독의 황홀감으로
곤한 적막을 찾아서
바람은 비단길을 달리고 있었다
아름다움은 순간에 정지한다는 것을
찰나를 잡으려면
눈을 감아야 한다는 것을
심연에 다다르기 위해서는
순간을 정지시켜야 한다는 것을
바람은 모르고 있었다, 그러나
왜 바람이 비눗방울 속으로 들어가
무지개를 피워 올리는지
하늘에 뿌리내리는 작은 사랑도
아주 작은 사랑도
때로는 땅속 깊이 쉬고 싶어
달막달막하는 것을, 그리하여
다문다문 내려앉아
밤새 저린 팔로 가위눌려 허덕이면서

완전한 합일을 위하여
하늘 위 보물선을 찾아
다시 비눗방울 속으로 떠나는 것을
무지개를 타는 바람이 되는 것을!

벌초를 하며

아버지 어머니는 풀벌레를 기르고 계셨다 두 분 누워 계신 풀집의 풀들을 베어내자 귀뚜라미 여치 메뚜기 방아깨비 베짱이 여기저기 펄쩍펄쩍 뛰며 항의하고 있었다 두 분 가실 때 나나 아우들의 모습이었다 기다려다오! 푸른 풀이 다시 돋아날 때를 달빛이 온 세상을 가득 채워줄 한가위면 온갖 열매 둥글게 영글어 향기로운 저녁녘 너희들을 다시 불러 모아 음악회를 열리니 기다려다오! 우주의 악사인 풀벌레들이여!

아무것도 없다

- 누드 · 12

오늘은 네 머리에서
칠흑의 폭포수가 쏟아지고 있다
떨어지는 물길 따라
별이 끝없이 반짝인다
폭포도 죽으면 한 점 적멸이듯
너는 오늘 천년의 침묵
무한 영원의 세계를 사는
입을 다문 바위가 된다
너를 들어올리는
고독한 역사의 작은 손들
백지 위에서 찰나가 천년이 되어
앞을 가로막는 거대한 허공
너를 잡고 있는 우리들의 앞에는
아무것도 없다.

눈독들이지 마라
-누드·4

휴화산인
나는,

살아 있는 지뢰,
움직이는 지뢰밭이다

눈독들이지 마라
눈물 날라

나도 폭발하고 싶다
언젠가는.

오동꽃은 지면서 비를 부른다

온몸에 오소소 돋아 있는
반짝이는 작은 털 더듬이 삼아
오동꽃 통째로 낙하하고 있다
보일 듯 말 듯
아주 연한 보랏빛으로,
시나브로
동백꽃 지듯 툭! 툭! 지고 있다
처음으로 너를 주워 드니
끈끈한 그리움이 손을 잡는다
무작정 추락하는
네 마지막 아름다운 헌신,
하나의 열매를 위해
나도 이렇듯 다 포기하고
그냥 뛰어내리고 싶다
떨어져 내린 꽃 위로
공양하듯
또, 비가 두런두런 내리고 있다.

시로 쓴 나의 시론

1. 시인은 누구인가

시인

시도 때도 없어,
세월이 다 제 것인 사람

집도 절도 없어,
세상이 다 제 것인 사람

한도 끝도 없이,
하늘과 땅 사이 헤매는 사람

죽도 밥도 없이,
생도 사도 없이 꿈꾸는 사람.

시인은 누구인가

바람이 자고 가는 대숲은 적막하다

적막, 한시에 적막한 시가 나온다

시는 우주를 비추고 있는 별이다

시인은 적막 속에서 꿈꾸고 있는 자.

2. 시는 어디 있는가

시를 찾아서

해 다 저문
섣달 초닷새
썩은 속 다 타 재 되고
빈 자리 가득 안고 있는
시인이여
네가 내 속을 아느냐고
슬픔을 다 버린다고 비워지더냐고
하늘이 묻는다
눈물 있어 하늘 더욱 눈부시고
추위로 나무들의 영혼이 맑아지나니
시인이여
그대의 시가 닿을 곳이 어디란 말인가
가라, 그곳으로
물 같은, 말의 알이 얼어붙은,
빛나는 침묵의 숲에서 고요한
그곳으로, 가라
시인이여
아직
뜨겁고 서늘하다
깊고 깊은 시의 늪은.

시는 어디 있는가?

내일이 대설大雪
구름 사이 햇빛, 우레가 울어
시가 눈앞에 있다고 믿었다
그러나 시는 눈 뒤에 있었다
눈 뒤에는 하늘이 끝이 없다
포경선을 타고 작살을 던진다
고래를 잡으려고, 고래는 없다
시는 손 안에 있는 줄 알았다
손바닥에는 텅 빈 하늘만 춥다
발바닥에 길이 있고 강물이 흐른다
산맥이 뻗어 있고 불의 집이 있다
시는 집에 없고 불만 타오르고 있다.

내게 가는 길 없다고 해도

나에게 가는 길이 없다고 해도
안개 속으로 길을 떠나네
어차피 사는 일이 길을 가는 것
오리무중 헤매는 일 아니던가
이슬 속으로 젖어 가는 길 어쩔 수 없네
천근만근 끌어내리는 바짓부리 땅을 끌며
구절초 쑥부쟁이 하염없이 피어 있는
가을 속으로 나는 가네 나는 가네
하늘이 모든 노래를 지상으로 내려놓을 때
나는 떠나네 노래 속으로 나를 찾아서
흙냄새 풀냄새 바람냄새 물냄새 맡아
자음과 모음을 제대로 짚어내는 풀벌레들
노래가 노래를 벗어 비로소 노래가 되는
길이 멀리 달아나 나의 길이 없는 곳으로
바람 잠깐 불어 빗방울 몇 개 후득이고
금방 하늘이 파랗게 가슴 저린 쓸쓸함 속으로
몸 달아 애가 타고 가슴이 아파
한 마디 한 소절에 오체투지 나는 가네
너를 찾아 간다 나의 시여 나의 노래여!

한 편의 시를 찾아서

내가, 나를 떠나고
나를 떠나보냅니다
우주가 내 속으로 굴러 들어옵니다
내가 우주 속으로 걸어 들어갑니다
나를 찾아 봅니다
나를 그려 봅니다
요즘도 새벽이면 가벼운 날개도 없이
나는 비어 있는 우주의 허공을 납니다.

3. 시작詩作

초고草稿를 끌어안고

밀다 만 밀가루 반죽이거나
마구 잘려진 나무토막,
금 나고 깨진 대리석 덩이이든가
아무렇게나 흩어진 동판이나 쇳조각
하늘에 놀고 있는 뭉게구름이나
바다 끝에 서 있는 수평선,
낯선 세상 고고의 울음을 세우려
집도의 앞에 누워 있는 산모
소신공양을 하고 태어날 아침에
물맛이나 공기 빛깔로
낙화유수 이 강산을 물들이거나
일보 일 배로 한 生을 재는 자벌레나
백년을 가도 제자리인 달팽이처럼
나의 일생을 할喝할 푸른 혓바닥을 위하여
소금을 뿌린다, 왕소금을 듬뿍듬뿍 뿌린다
황토 흙도 문 앞에 깔아 놓는다.

미완성 시에게

저 혼자 몸이 달아
네가 무릎을 꿇느냐 아니면 내가 꿇느냐
속이 타고 애가 달아
오체투지를 할 것이냐 항복을 할 것이냐
난리 치고 안달하며
먹느냐 먹히느냐 죽느냐 사느냐
끈질기게 매달리며
잡느냐 잡히느냐 씹느냐 씹히느냐
검게 탄 가슴 황토 냄새로
함께 노래하기 위하여
너에게 뛰어들고,
너른 세상으로 사라지기 위하여
광활한 우주로 날기 위하여
무작정 엎어지고
손목을 부여잡고
찬 바람 골목길, 달빛 이우는
격정적인 입맞춤을 위한 나의 맹목과
눈을 감는 너의 외로움
속옷 한 번 벗기지 못하고
물어뜯어도 너는 피 한 방울 나지 않느니

푸른 입술 둥근 허리를 안고
영원을 꿈꾸다 정점에 이르지 못한 채
떠나고 또 떠나면서
한 발짝도 떼지 못하는 외로움,
세상은 지독한 감옥이지만
너와 나의 경계는 없다는 것을
너는 너 나는 나의 세상에서
섞이고 섞이는 너와 나를 위하여
기억하라 마지막으로 기억하라
나의 미완성 금빛 詩여!

순순한 시

눈을 감아도 꿈이요
눈을 떠도 꿈이니
달빛에서 향이 나고
해에서도 꽃이 피네
설레는 햇살에 눈이 부셔
알게 모르게 사윈 것들마다
달뜨는 초록 알갱이들처럼
바람으로 돌아오는가
나물밥 먹으면 나물 향기 나고
물을 마시면 골짜기 바람
이우는 달이 차면
그리움도 지독한 형벌이라
너를 네게 보내는 죄를 짓는 일
나는 눈도 가리고
귀도 막노니 숨 가쁜 일 없어라
生이란 상처투성이
추억은 까맣게 타서 아픔이 되고
한 세월 건너가고 건너오는 것이
시 쓰는 일이 아닐 건가
한 편의 순순한 시
너에게 무작정 무너져 내린다.

시작詩作

오순도순 살자고 흙벽돌 찍어
집을 짓듯이,

어린것들 굶기지 않으려고
농사를 짓듯이,

아픈 아이 위해 먼 길 달려가
약을 짓듯이,

시집가는 딸아이를 위하여
옷을 짓듯이,

길 떠나는 이 허기질까
새벽밥을 짓듯이,

기쁨에게도 슬픔에게도 넉넉히
미소를 짓듯이,

늦둥이 아들 녀석 귀히 되라고
이름을 짓듯이,

시의 경제학
– 한 편의 시, 천년의 시

대는 침묵으로 소리를 담고
속 빈 파가 화관을 머리에 이듯,

속에선 조용히 물이 오르고
겉으론 불길 담담한,

온몸이 탱탱하고
아랫도리 뿌듯해 안고만 싶은,

오래 묵을수록
반짝반짝 빛나는 역린逆鱗과 같은,

나의 시 또는 나의 시론

마음의 독약
또는
영혼의 티눈
또는
괴꼴 속 벼알
또는
눈물의 뼈.

나의 시는 나의 무덤

시 쓰는 것이 무덤 파는 일임을
이제야 알겠다
시는 무덤이다
제 무덤을 판다고 욕들 하지만
내 무덤은 내가 파는 것---
시간의 삽질로 땅을 파고
나를 눕히고 봉분을 쌓는다
시는 내 무덤이다.
빙빙 날고 있는
무덤 위의
새
하늘이 그의 무덤이다
그는 날개로,
바람으로 시를 쓴다
그가 쓰는 시를
풀과 나무가 받아 꽃으로 피운다.

국립중앙도서관 출판시도서목록(CIP)
황금감옥 : 홍해리 시집 / 홍해리. -- 서울 : 우리글,
2008
    p. ;   cm. -- (우리글대표시선 ; 10)
ISBN 978-89-89376-79-8 04810 : ₩6000
ISBN 89-89376-26-2(세트)
811.6-KDC4
895.714-DDC21   CIP2008000795

황금감옥

펴낸날 | 2008년 4월 5일 • 1판 1쇄
지은이 | 홍해리
펴낸이 | 김소양
편집주간 | 김삼주
편집 | 이윤희 · 김소영
영업 | 임홍수

펴낸곳 | 도서출판 우리글 • 전화 | 02-566-3410 • 팩스 | 02-566-1164
주소 | 서울시 강남구 역삼동 837-17 삼성애니텔 1001호
이메일 | wrigle@wrigle.com • 홈페이지 | http://www.wrigle.com
출판등록 | 1998년 6월 3일 제03-01074호

© 도서출판 우리글 2008
Printed in Seoul, Korea

ISBN 978-89-89376-79-8 04810
        89-89376-26-2
* 잘못된 책은 바꾸어 드립니다.
* 책값은 뒤표지에 있습니다.